바람의 눈썹

바람의 눈썹

김택희 시집

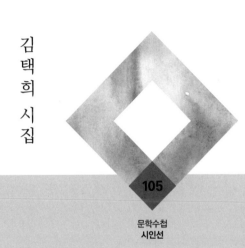

105

문학수첩
시인선

문학수첩

산은 나무를 품고
나무는 나무와 더불어 산을 이룬다.

걸어오는 동안
낮아지던 시간들
이제는 옹이도 맑은 영혼으로의 디딤돌이다.

언제부턴가
너울너울 멀리 지나는 산세가 아름답게 보인다.

나는 후회하지 않는다.
모두 지고 걸으리라.

멀리 보며 보폭 늘여 본다.

2017년 봄 길목에서

2부

3부

4부

1부

소실점

꽃핀자리 환하더니 꽃 진자리 움푹하네

흰 꽃 피웠던 사과의 배꼽 붉게 눌려 있네

비탈진 몸짓으로 돌아다보네

애초에서 건너온 시간

돌아앉은 발길들 멀어져 가네

야윈 동행에 봄으로 뻗은 손길 축축하네

두부의 저녁

툭
잘린 하루
눈도 코도 지우니
말랑해진 여유

틀 속에 맞춰
눌러보고 냄새 맡고 맛보던 테두리를 벗어나
각 세우는 습관까지 늦춰
오늘은 마크 로스코의 저녁으로 갑니다

질감 따라 내딛으면
매끈하고 나긋해요 낯설지 않아요
가만 부풀며 설핏 탄력으로 튕겨 오르죠

단단함을 이기는 부드러움으로
뜨겁게 엉기던 그 응고의 힘으로
잘려도 둥글어지지 않는 완고한 미덕으로
형식의 틀 너머 탱탱하지요

애초에서 멀어지고
뭉쳐 있어 난해할 뿐 투명하지 않아도
불순물 없는 본질
오래 다니던 길에 쌓인 숫눈처럼
길목 환해요

곰장어 익는 시간

숯불에 올려놓은 곰장어가 뒤틀고 있다
덜 익은 숯을 뒤적이니 불꽃 잘리며
뭉텅 연기로 오른다

더위 재운 찬 공기가 바람소리인지 물소리인지
먼 울림을 풀어놓으면
바삐 오느라 돌아보지 못했던 작은 길도
그제야 다 보인다
기억 저편으로 묻혔던 시력마저
살갗에서 살아나 세포마다 총총히 불러오는 저녁
접어두었던 얼굴들 갯내 타고 스멀스멀
불꽃으로 흔들린다
찬바람에 옹그린 숯은 안으로 타고
아린 눈 비비며 바다로 갔을 곰장어는 가만가만 익는다

물푸레나무 젖은 가지라도 말려오는지

기다리는 발소리 늦어진다

못 다 태운 연기는 강에서 바다로

다시 바다에서 강으로 계절을 오르내리고 있다

누들 로드 The Noodle Road

한 방향으로만 걷는 습관 때문에 가끔 길을 잃곤 해요

빌딩 숲에서 헤매다 만난 당신과의 저녁

막 지나온 길처럼 그릇 속 면발지도 위

날마다 걸어도 여전히 다른 길이 되는 굽은 어디쯤

마주앉아 국수 가락 부는 입김 유리창에 무늬 놓아요

퉁퉁 불은 이야기 잘려 웃음으로 이어지는 소박한 위로

후루룩 소리 젖어드는 유목의 날들

당겨진 국수 가락처럼 생의 모퉁이를 돌고 있어요

경칩

소리 없이 단단해야 한다

모두에서 우리로의 전환 접속사

그럼에도 불구하고

모르는 사이

마주하고 있어도 녹이 슨다

아직도, 때때로 그리고 자주

원시림을 걷고 있어요
백악기를 건너온 메타세쿼이아나무숲 지나
물푸레나무 사이로 바람이 길을 트네요
나무 냄새 찰박해요
지금도 생각하죠
눈 안에 갇혀 있는 말
아무리 더듬어도 눈동자 끝에서만 가물거릴 뿐
터지지 않던 기억
당신은 없나요
새소리처럼 생생한데 그릴 수 없어요
좁은 계곡에 불시착한 헬리콥터의 잔해 같은
부러진 기억 꿰맞추다가
바람의 메시지 들어요
큰 나무에서 내미는 작은 움의 더듬거리는 손짓
땅속으로 뻗은 뿌리의 발짓과

먹이 나르는 어미 새의 날갯짓

우듬지에 새부리 같은 촉 몇 개
바람의 눈썹 건드리고 있어요
오늘 밤엔 갇힌 말들 터뜨릴 수 있을지도 모르겠어요

한여름에 만난 문익점

당신 참 오랜만이네요
더운 한낮 지하수 끌어올리는 마중물 같아요

시원한 바람 마중 나선 길
당신 여기 있네요 시르죽은 내게 보내는 눈길
송이송이 목화 꽃이네요

붓두껍 속 숨죽인 내밀
나는 알지요 데칸고원의 바람 쟁여 어르던 마음이며
애태우던 눈빛 생각해요
기꺼운 당신의 긴 강줄기

뜨거운 태양의 눈길 품고
열대의 밤을 지나
포근한 꿈 피우더니

차가운 지하수 길어 목물로 붓네요

고운 솜 가려 이부자리 꿰매던 새색시 손길로
찾아오네요
더위 밀쳐 하얗게 걸어오네요

신공무도하가 新公無渡河歌

이른 봄나들이 나섰네

선유도 한강공원 출렁다리 앞

강바람이 움츠러든 어깨를 떠미네

엊그제 온 입춘이 기침도 못하는 황량한 물가

바람 차다 말리는 봄빛 보이지 않네

공무도하 공무도하

누구라도 외쳐줄까 멈칫거리는데

눈치 없는 칼바람만

길어진 목 사정없이 베어대네

언뜻 부르는 듯도 해 고개 돌리니

모퉁이에 회 분칠한 자작나무

모른다 멀뚱거릴 뿐

공무도하 공무도하

잡아줄 님 보이지 않고

먼 빌딩 사이 서녘 해만 홍매처럼 물드네

해빙

언 땅이
발자국을 물고 있다

얼었다 녹았다가를 되풀이하는 동안
간절함도 무뎌져

발자국 안은 채
꾸덕꾸덕 말라간다

폭설 여행

나무들은

흰 연미복으로 갈아입었다

퍼붓는 눈발 하객들 줄 잇는다

내일의 꿈이 모인 산언덕 눈꽃 연회장

경건하게 들리는 설해목 소리에 귀 기울이며

대지를 덮은 설원에서

팔 벌려 나무가 된다

그늘 없는 순백의 양지

나그네바람 지날 때마다 후두두

쏟아지는 눈덩이에 낡은 미련은 묻히고

광활한 처음으로 선다

그네

저 혼자 흔들리는가
초승달 선명하던 밤에는
샛바람이 몸 기울였고
비라도 내리는 저녁이면
라일락 흰 꽃들이 먼저 자지러졌다
둥지 안 소란 같은 나날에
두통만 앓던 그네
틀 안에서 가만 목을 늘인다

그대 어깨만 바라보다 낮아진 밤
순한 눈길로 올려다본
잘록했던 달은 어느새 허리 튼실해져 있다
계절 깊을수록 기다림도 무던해져
몇 개의 사다리를 오른다
숨 고르는 언덕

주기적으로 찾아오는 지상의 몸살

이제는 지고 간다

그네

바람 안은 떨림이다

마당을 거닐다

밤새 가랑비라도 내린 아침에는

처마 아래 홈이 패었다

함박눈이라도 다녀간 날이면 발자국이 꽃 피웠다

왜 그랬을까 후회스러운 날이면

하룻밤만 되돌려 달라 오갔을 성전

별빛이 더 많이 서성였을 것이다

싸리나무 성근 걸음보다 더 많은 바람이 비질했을 것이다

쾌청한 하늘 아래

바지랑대 휘청거리도록 옷가지 걸렸겠다

그런 늦저녁이면 빨랫줄도 날고 싶어 살그머니 흔들렸을
곳

평상 위 바람 기다리며 두런두런 말소리가 익었을

거미가 내려와 시스루 날개옷을 펼쳐 두고

달팽이도 나와 유유자적 거닐었을

옛 집 마당을 떠올리며

창덕궁을 걷는다

뒷산엔 단풍이 절정으로 치닫고

궁궐 처마 아래로는 수백 년 전에도 드리웠을 그늘이

무채색으로 기운다

늦가을 오후 오락가락 골똘해진다

시소의 저녁

기울여도 닿지 못할 내 쪽에서 먼저 낮아진다

정적에 처박히거나
기다리는 동안도 어지럽다
이럴 수도
저러지도 못할 낯빛으로
다시 우묵해지는 시간
너에게는 무게가 없다
모퉁이가 없다
무지개 그려진 한쪽 벽
노란 페인트에 기대 보지만 버려진 통에 담긴 그림자처
럼
막막함은 내 무게만으로도 서툴다
마주보는 것은 나란한 것보다 어색해 고개 숙인다
바라보며 오랫동안 흔들려도

볕 쏟아지는 내일이 오기까지는
덩그마니 딱딱하겠다
다 내리지 못한 비 수선한 바람 데려와
궁전 모양의 뾰족 지붕
지우고 있다

장마

저지대가 잠겼다

많은 것들이 엎어지고 묻히고 떠내려갔다

흙탕물에

나란히 앉았던 벤치의 천막 꼭대기만 남았다

겨우 목만 남은 흔적들

길가 접시꽃이 목 빼고 바라본다

종일토록 비가 내린다

목련

꽃

봉오리

목련은 봄

물 흠뻑 머금

은 흰 붓이다 하

늘 화선지 향한 붓

자루 흔들흔들 중심을

잡는다 묵은 빌딩만

올려다보고도 환

한 글을 쓴다

다시 새

봄

이

라

고

홀씨의 변辨

먼 산 유혹에 날개를 꿈꾸었지

보도블록을 기웃거려 보고

벤치에 앉아도 보고

철모르는 함박눈에 젖어도 보았지

눈처럼 누군가의 옷깃에 스미고 싶었지만

그건 바람과의 인연

한참을 더듬어야 피울 수 있는

덜 익은 말이어서

한낮 봄 모퉁이를 털고 있어

물기 고인 눈동자

안쪽 깊숙이 옹그린 채

따스한 바람 기다리지

보이지 않는 날갯짓하지

턱까지 오른 재촉에

뿌리내릴 곳 찾아 떠도는 중이야

봄은 떠도는 내력이지

범람

허물만이 멀거니 바라보았어요
화면에서 흐르는 물은 여전히 물소리를 냈지만
은은한 조명도 그에게로 데려가 주지는 못해요
연어가 오르고 있어요 북태평양 깊은 바다에 살다가도
때만 되면 오르는 본능
전화기의 신호음 닿지 않아요
답을 찾지 못한 아이처럼
여기저기를 뒤지다
겨우 바스락거리는 라면봉지의 바람 터뜨려요
뜨거운 김이 만든 구불구불한 길 위에서
오르락내리락 한참을 헤매다 주저앉으면
매운 국물 사방으로 튀어요
그렁그렁해진 눈망울 너머
연어는 물웅덩이 파 알을 낳아요
모래 덮어 흔적 지우네요

내레이션의 목소리 멀어지고

퉁퉁 불어터진 면발처럼 내 얼굴만 국물 위로 넘쳐요

오래된 휴일

한강변에 물 보러 가자 부추긴다
장마 끝이라 강물 잔뜩 불어 있다
몸 말리던 누룩뱀이 꼬리를 감춘다
어디서 날아왔는지
말쑥한 검은물잠자리 날다가 앉고
다시 날기를 몇 번 길섶으로 멀어진다
꽃이 피는 사이와 열매 맺는 사이
경계 없이 진지하다
바람이 모여드는 언덕 위
두충나무 숲을 돌아 강물 바라본다
강 가운데 물이 불쑥 솟아오른다

잡목들 우거지다
무성한 것들 앞에서는
잊히기 쉬워

날아간 잠자리도 보이지 않는다
나도 자작나무 숲에 묻혀 걷고 있다

시절

네/시가 좋아
한마디에 첨벙첨벙 개울을 건넌다
개울 건너 목화밭 작은 떼기가 하늘을 안고 있다
순간에 눈이 맞던 날처럼 가슴 벅차올라
둥실 숲을 거닐면 발소리에 풀벌레가 날고
몰려가던 양떼구름도 뒤돌아 미소 짓는다
흘러나오는 콧노래에 산딸기가 붉어지는 동안
물가에 앉아 돌을 들추자 가재가 꿈틀
흰 조약돌 몇 개 집어 둑을 만드니
금세 작은 물보라가 인다
산버찌 먹은 새들이 보랏빛 버찌똥을 누며 날고
멀리 뻐꾸기가 울음을 낳는 동안
개울가에 앉아 한참이나 널 생각한다

2부

처서

돌아온다는 말
얼마나 기다렸는데

기별 없이 와선
수척해진
배롱나무 홍자색 꽃그늘로 서 있다

더운 한철 꼬박 새워
안아 보는 당신의 등

은행나무의 안부

우편집배원은 내가 서명을 하는 동안에도
흰 봉투에 새겨진 길을 살피느라 시선 거두지 않았다
그가 건네 준
은행잎으로 만들었다는 푸른 알약들
안부를 묻는 지인의 손길처럼 싱싱하다
몸속 오지의 좁은 길까지
큰 혈관으로 혹은 모세 혈관으로
길을 터준다고 했다

요즈음 가끔씩
자주 다니던 길에서 헤맬 때가 있었고
가던 길을 되돌아오기도 했다

굽은 길가에 서 있던 우편집배원도 돌아간 어둑한 저녁
은행나무 아래에 선다

푸들푸들 바람 비벼 나누는 인사

잎 잎으로 뻗은 손 흔든다

동서남북 흩어진 지구인에게 안부를 묻고 싶어져

이 저녁

키 큰 한 그루의 은행나무로 선다

맹목의 봄

늘어뜨린 능수벚꽃 봄바람 탄다
선녀의 끌리는 치맛자락 같은 꽃 언덕

꽃의 모퉁이
자리 뜨지 못하는 버려진 애견 한 마리
그 눈먼 사랑도 함께 바람을 탄다

기다림은
매어 두는 힘이 있어
멀어도 희망이다

꽃 빛 바래도록
버린 님 기다리다 허기지는 남한산 골짜기

비행 중인 매를 향해 짖어대는 저 공허

혹한 건너 맞는 봄볕조차 시리다

기다리지 않아도 초록은 기어코 올 테지만
결코 돌아오지 않을 사랑
서러운 꽃그늘로 흔들린다

청진동 상가

푸른 눈의 고양이가 그려진 가림막
여름내 꿍꿍이 속이더니
겨울 건넌 뒤 화려한 성城으로 탈바꿈했다

양지바른 곳에서 오랫동안 손을 비비던
목소리 높은 토로와
얼마간의 위로가 비틀거리던 거리
사라졌다

두꺼운 손들 보이지 않는다
푸른 눈의 고양이는
가려진 저 안의 대단한 음모를 알고 있었을까

롤러코스터의 시간을
어디에 부려 놓았나

낯선 종착역에선 도무지 어리둥절한데

새로 선 빌딩 꼭대기 현수막 광고 화려하다
봄 햇살인가 했더니 와락
꽃샘이다

가래떡 중년

회의 시간에 맞춰
올라오는데 차에서 들리는 이상 소음에
급히 단골 정비소를 찾았다고

반갑다며 가래떡이 나오고
난로에 노릇하게 구워지는데
마음까지 말랑해져
몇몇의 이야기 쫄깃하게 무르익을 즈음
걸려 온 전화 한 통에 아뿔싸
흰떡 앞에서 눈앞 까맸다고
부랴부랴 서둘렀지만 회의는 끝나 늦은 밥만 먹는데
스스로도 어처구니없고
다른 이들 볼 낯도 없이 돌아오는 저녁
흰 물건만 봐도 놀라
혼자 쓴웃음 삼켰다는 얼굴이

왠지 순하게 보였다

가끔은 가래떡에도 마음 빼앗기는
뺏긴 마음 추스르려 닮은 것만 보아도 깜짝깜짝 놀라는
그러다 혼자 웃음으로 넘기는
그래 당신 중년이다
그래도 당신은 꽃무지개다

만추晩秋

서너 살 꼬마가 순식간에 버스 안을 휘어잡는데 물든 낙
엽 줍고 싶은 아이의 손 할머니에게 이끌려 급하게 오른 모
양인데 당장 내리자고 생떼 대단한데 타일러 보지만 막무
가내 가을이 부려 놓은 이 난처함을 무어라 해야 하나 물
든 낙엽에 빼앗긴 이 여린 남심男心을 어찌해야 하나 바락바
락 대드는 아이의 억지는 바람에 쏠리는 낙엽처럼 구르는
데 승객들의 눈빛 소란한 아이를 응원하는데 난색을 표하
는 할머니에게 재촉의 눈길 쏟아대는데 마음도 풍경도 온
통 물들어

뿌리홀릭

월매도月梅圖*를 다시 만난 건

한쪽으로 미뤄둔 붓 함을 열면서였죠

오래된 길에는 무르지 않는 심지 있어

드러나 있지 않아도 다 보여요

안으로 뻗은 저 심혈의 길

흔들리지 않고 평생을 꼿꼿이 제자리에 서 있는

매화나무 밑둥치 한참을 둘러보아요

부러진 가지에도 새순 틔우는 내공

단단한 혈관 감싼 흙을 달빛도 따라 밟아요

드러난 힘줄보다

가려진 더 많은 혈관 생각하며

붓털 매만지니 손끝 따뜻해 와요

둥치 살려 낸 옹골진 숨소리

선 굵은 붓놀림에 매화꽃이 피어요

* 5만 원권 지폐 뒷면 그림이 월매도

섬

며칠 만에 발견된 세 모녀
사람들을 불러 모아 놓고도 말이 없었지

누구도 먼저 입 열지 못했네

날마다 꿈을 꾸었어
새가 되어 날고 있었네
먼 바다까지 날아갔네
울렁울렁 태양 같은 멀미를 했지
목말랐어
목소리 입 안에서 맴돌았지
머리맡 더듬었지만
우물물 말라 있었네
생의 유효기간이 다가올 때
어둠만이 흠칫거리고 있었네

방구석에 시든 깃털 몇 부려 놓고
마지막 날개 힘겹게 펴니
몇 광년 너머 창공 밖으로
순식간에 날아올랐네

귀는 문 밖에 있고
고리는 안으로 걸려 있었네

노을과 유목과

달려오는 말발굽 소리에 쫓기는 오후

얼었다 녹은 몽골아이의 볼처럼 빨개져
산언덕 귀밑에서 불 냄새로 오른다

마른 꽃이라도 피우고 싶어
고비사막 모래 물결처럼 두른다

헤어지기 싫어 주춤대던 그때처럼
입술부터 건조해져 목으로 타오른다

떠나라며 고삐 죄는 언덕 핏대 세운다
터질 듯 달아 있어 삼키지 못할 사방

시간 미뤄 머뭇거려 보지만

너도 나도

때가 되면 떠나야 하는 유목

야자나무와 휴일

생상스의 첼로 음이 흐르는
둥글납작한 휴일
홍콩야자 한 그루 식탁 위
화분에 담겨 있네
야자나무 아래 식사를 하지
군고구마에 우유 한 잔
홍콩야자가 햇살 키우네
야자수 그늘이 바람을 부르네
홍콩야자는 홍콩여자 같아서
야한 느낌이 든다고 누군가는 말하지
풋풋하고 근사하지 않느냐고
새로 자란 연한 잎이 속삭여 주네
깊은 옆트임이 있는 초록 스커트
좁은 걸음으로 발을 옮기네
아찔한 하이힐의 뒤태에

뭇 남성들의 눈길 쏠렸다 오그라드는 거리
짙은 선글라스 속
맑은 웃음 쏟아 내는
식탁에서 일어서니
창밖으로 함박눈이 내리네
아무러면 어떤가
한겨울 야자나무 아래 환한 휴일이네

쿡소니아 Cooksonia

원시 식물 쿡소니아는 혼자서는 살아갈 수 없다
뿌리나 잎도 없이 가느다란 줄기만으로
물에 얹혀 살아간다
혼자서는 꽃피울 수도
나비 찾아 나설 수도 없다

나도 한때 어머니라는 물에 떠 살아온
쿡소니아

침대 모서리가 짓무르는 요양원 한 구석
실루리아기의 화석 같은
흰 머리카락이 눌려 있다

진화의 건조한 꼭대기 층을 오르다
본래의 원시로 돌아가느라

오던 길이나 되짚어 보는 쓸모없어진 두 발을 가진
몸통만 지탱하고 있는 척박한 물관의 그들이
이제는 쿡소니아

고생대 유전자를 받은 나도
물길 외면하는 사이
쿡소니아
지금은 학명으로만 남아 있다

환승역

만남은 몇 만 볼트의 전류로 흐른다
방향 바꾸어 가는 길은
또 다른 만남으로의 여정

강처럼 물 아래 큰 산을 키우고
나무를 품어
새 물길을 튼다

철길 따라
흐르는
물길

물길 따라
휘도는
철길

부분 일식

비어드모어 빙하 드라이 밸리
광활한 설산 꼭대기 북극곰이 짝을 품었다
잠시 어둑해지는 듯도 했으나
지그시 감은 눈길 사이 서늘한 빛 흘렀다
순간의 고요 설산을 들이키고 반사된 빙하가 달빛 토하
는
백 년의 만남

또 다시
그 만큼의 기약만 남긴 채 말없이 떠났다
짧은 시간 아니어도 꼭 찬 미더운 연애는
기다림을 품는다
곁에 두지 않아도 마음 안에 있는 사랑
백 년도 길지 않다

북행 열차

방음벽을 타고 오르는 담쟁이처럼

풍문만 무성할 뿐

지나는 열차 보았다는 사람 만나지 못했다

한 번 스쳐 가면

다시는 오지 않는 일방통행의 시간 열차

잡아 두려고 백방으로 노력했지만 헛수고였다는

기다리다 백발이 되었다는 소문까지

모두 바람이 되었다

계절이 또 저만큼 줄달음친다

한순간에 피가 맺힌다 아리다

후회 속에서 제 살을 자른 가위를 놓고 피를 닦는다

오지 않을 줄 알면서 돌아다본다

잎 진 나뭇가지 사이로

어스름 낮달이 조각났다 맞춰진다

익은 달처럼 물들지도 채우지도 못한 채
북진하는 열차의 어디쯤 서 있다
속도 가르는 기적에 놀란 마른 담쟁이들이
와락 담벼락을 기어오른다

시간이 열차를 달고 북쪽으로 간다

타로 점을 치다

벽지마저 물 먹어 느슨해진 우기의 저녁
골목 모퉁이 보라색 불빛에 이끌렸다
고양이 눈의 여자가
생머리를 길게 늘어뜨리고 앉아
일정한 간격으로 카드를 돌려 놓았다
냉이꽃을 좋아한다고 했다
이 꽃은 설악초 이 꽃은 배초향
입은 꽃을 말하는데 굴리는 눈동자에
번뜩이는 빛
아무 말도 못하게 재빨리 다음 카드를 펼쳤다
꽃을 만져 보라고 유혹했지만
선뜻 다가갈 수 없어 망설였다
웅크려 보이지 않는 발톱과
쏟아 내는 푸른빛의 눈동자를 피하고 싶지만
빠져나가려 할수록 온몸 굳어

걸음도 얼고 소리까지 잠겼다

움츠린 채 꼼짝없이 갇힌 가위 속

창을 때리는 장대비 소리에 눈 뜨니

떨어뜨린 펜 아래

문장이 맥없이 졸고 있다

갈 길 멀다

소금 카라반

달빛 받은 언덕으로 구절초 한창이다
잔바람에 꽃잎들 줄지어 등성이를 오르는데
멀찍이 앉아
산굽이 돌아오는 소금 카라반을 읽는다

해수면보다 낮은 에티오피아의 저녁
소금 실은 낙타의 등은
환하게 핀 구절초 꽃 무더기

뜨거운 햇살 비켜
무리지어 걷는 달빛 여정
가끔은 시간 가는 줄 잊을 때 있고
때로 황홀경에 빠져
길을 잃기도 하면서

소금 같은 사랑

사랑 같은 소금 찾아 언덕을 오른다

우린

소금 찾아 떠도는 카라반이다

모래 여자

인적 드문 바양고비 북쪽 끝자락
모래 물결 그어진 언덕 한쪽
한 여자 알몸 내어 누워 있다
어젯밤 별들은 모두 잠들었는데
서슬 퍼런 한낮의 모진 볕에도 그녀
눈 한번 깜박이지 않고
열두 폭 이야기 담아낸다

움푹움푹 패는 발아래
고요의 행간

모래벌판에 쭈그리고 앉아
몇 번이고 돋우고 쓸어내며 숨결 불어넣었을
어느 숫기 없는 이방인이 두고 간 방백
발소리 들리지 않아도

주문 외는지

숨죽인 여인의 봉긋한 가슴에서

모래바람 인다

알고명

두세 번 문을 두드려요
열리는 안쪽으로 둥그런 세상 출렁이네요
신비의 길 찾아 나서 듯 조심스레
페이지를 넘겨요

노른자위와 흰자위
모든 경계에는 막이 있어
투명과 불투명 사이
잠시 멈칫거려요 어디일까 두리번거리죠
너무 걱정 말아요 낯선 길이어도
음미하며 천천히 찾아요
서로 다른 길이어도
저만의 색깔 품으면 그게 꿈 아닌가요

단

잊지 말아요

이미 익어 버린 시간은 되돌릴 수 없어요

자 이젠 떠나요 뜨거운 출발

배롱나무꽃에 들다

화엄사 경내 배롱나무
흐드러진 꽃잎들 먼 데까지 불 밝힌다

밤에는 석등
낮에는 앞산이 눈부시던 이유

초록은 보름달로 푸르러 가던 시간
바람 기다리지 않고 온몸으로 맞는 삼복염천 길

실핏줄 터뜨려 지은 꽃길
마주하고도 혼자 걷는 삶
백 년만의 폭염이 몸을 떤다

올 여름
오래 삭힌 목백일홍 피점 돋는다

3부

바람, 경계를 허물다

바람 닿은 나뭇가지 새 눈을 뜬다
마주 구르던 바람이 가지 흔들면
바람과 볕 사이 눈길 여문다

유목민의 뒤꿈치에
끌리는 옷자락을 줍느라 멈칫
꽃 진 자리
몇 광년으로 내달리면

집 앞 창가를 기웃거리던 복숭아 나뭇잎 사이
봄볕 둥글게 차오른다
풋 우주 맺혀 있다

달빛을 줍다

말이 노닐던 물가
바람에도 단물이 묻어 있다

근처 꽃밭에선 지중해를 건너온 연보라 꽃들 몸 비비고
달은 물속에 잠겨 둥근 걸음으로 강을 건넌다

물가 거닐며 풀 뜯던
말 한 마리
너른 벌판으로 달려 나갔다

편자의 시간은 길지 않았다

천 년 전에도 홀로 피었을 저 달 올려다본다 지금처럼
예전에도 누군가 이곳 물가에 홀로 앉아 있었다고
구름 비껴 달빛 쏟아 낸다

바람 가르며 달려 나간 말도 언젠가는 돌아와

홀로 물가에 앉아 달님 바라볼 것이다

물 주름이 달빛을 닦는다

흐르는 것이 달빛인지 물결인지 물은 잔잔히 흐르고

달빛은 흐르는 물결에 어리는데

달빛이 홀로 휘황하고 강가 푸른 꽃향기가 바람 따라

제 걸음으로 달려온다

달님도 바람도 시나브로 무르익는 한참

흐르는 백 년 잠시 숨을 고른다

목 긴 여자의 오후

회화나무 꽃 피우네

다시
물오른
키 큰 아까시나무가
꽃향기를 재우면
쪽동백 품으로도 별꽃이 지네

큰 나무의 늦은 새순처럼
햇살 찾아 비집어도
언덕 너머 보이지 않는 당신

길어진
기다림의 조각들
가여운 눈동자에 어리네

굵어진 회화나무 아래
그림자로 기울어도
꽃등 아래 있을 당신 기다려
오늘 밤도 목 늘이네

드러난 쇄골 위 잔느 에뷔테른의 목
모딜리아니의 계절

봄밤의 꿈

강가에 앉아 접어 둔 마음 널어 보네
저 멀리 강 건너 외따로 떨어진 지붕 낮은 집
사흘 밤이라 부르네

풀들이 키워 낸 이슬로 세수를 하고
물가에 핀 색색의 풀꽃으로 밥상 차리는
사흘은 소심한 바람이 지은 외진 꽃길

강가에서 사흘 밤 바라보네
풀들은 꽃 피우고 바람은 꽃을 가꾸는데
이 생각 저 생각에 해 이울어

가만히 다가가 문 밀어 보니
빈 방만 담겨 있네
돌아보지만 여전히 당신 보이지 않네

여름 한철

산길에서 비를 만났다
활엽의 몸들 수런거린다
힘차게 내리긋는 빗줄기에 결 세운다
비의 혀끝에 닿은 잎이 낱낱이 발기한다
갈잎에 떨어지는 빗살은
위로부터 내리치듯 힘차게 긋고
빗줄기에 닿은 잎은
아래로부터 튕겨져 탄력 받아 오른다

빗소리에 포개는 건 나무만이 아니다

한바탕 빗줄기에

산길에는 금방 물길이 난다

등

멀리까지 지켜주는 이는 뒷모습 보이지 않네 등
돌린 마음은 금세 가난해져
산골 간이역 불 꺼진 역사처럼 어두워지지

지난여름 산사 내려오다 효자손 보았네
가려워도 손 닿지 않는 곳
누군가의 손길 기다렸는지
버거운 등짐 떼어 버리고 싶었을지도

모래 위에 누워 버둥거리던 가여운 짐승의
우스꽝스러움과 측은함을 떠올리네
등 가려운 것들은 다 그 모양이겠다 싶은데
등을 맞댄 가슴은 그래서 비린 저녁을 굶네

등 보이면 지는 게 동물의 세계라서 비애라는 추상을

흉곽 깊숙이 감춰 두고
오후의 결핍을 견딘다네
그늘 깊어지면
중심 잃고 환절의 몸살을 부르지

등줄기가 서늘해지는 꿈을 꾸고 일어나 우두커니 앉은
밤
괜찮다 괜찮다고 가만히 등 토닥이면
놀란 어둠은 잠이 되어
다시 누울 수 있지 등불 끌 수 있지

등과 등燈이 동음인 것도 등이 몸의 등불이기 때문인지

가을 연출

스카프를 두르세요

목덜미를 타고 내려온 한쪽 자락으로 지지대를 만들고

내리막 어디쯤 매듭 만들어 만남 준비해요

왼 목선 타고 내려온 한 끝을

오른쪽 매듭에 끼워 보세요 따뜻한가요

가끔은 포개 보아요

대각선으로 잡은 뒤 앞으로 껴안아

두 번씩 맞대요

도톰해진 표정 위해 슬쩍 흔들어 꼬는 것도 잊지 마세요

굳이 당기지 않아도 좋아요

저편 목선 타고 오는 당신을

이편에서 묵묵히 기다리다보면

어느 날 지천으로 깔린 은행잎이라도 본 듯

반가움에 얼싸안게 되지요

가로로 넓어져 차곡차곡 마음 개켜 다독이는 것

세로로 길어져 외로움에 목 빠지게 기다리는 것

가을 건너는 모습 아니겠어요

넉넉한 마음 펼치면 고운 결은 덤이에요

바람은 불어도 좋아요

스카프 자락 날릴 때

부드럽게 흔들리지요 매듭처럼 함께한 당신

이 가을 어때요

색을 껴안다

붉게 차오르던 열정 있었네
새벽이 오는 줄도 모르고 두근거리는 심장
부둥켜안던 시간은 레몬 빛
꿈꾸듯 다가갔네
주술적 영감의 말 들리는 듯 했지
내 안에 깃들어 있는 푸른 기운 찾아 오래도록 걸었네
맥박은 이마 건너
노란 징검다리로 이어져 다시 보랏빛 안쪽을 걷지
잔상이 번져 아슴푸레 조명 아래 퍼지네
침묵으로 일관된 당신의 색을
안간힘으로 열어 보네
색은 색을 낳아
오늘은 낭떠러지 아래 무채색이네
다채로운 색은 어디에서 오는지
채색된 감정은 어디로 가는지

당신은 머나먼 문장이어서 쉽게 빛 발하지 않네

끌어안네 까맣게

비켜서지 않아 떠나지 않네

물들고 말겠네

색이 색을 껴안는 성스러운 밤이네

확인

시장기 느껴질 때

뱃가죽을 등 쪽으로 당기면

활처럼 휘는 기분

떠난 화살처럼

날아오르려 퍼덕이곤 했다

날갯짓 잦을수록

빤히 바라보던 눈길

파장 길게 떨리고 있었다

때론 그 빛도 무거웠고 더 자유롭고 싶었던

오르내림처럼 그가 남기고 간 메모지의 절벽

거르지 말고 챙겨 먹으라는

흘림에서 펜의 검은 막이 번져 있다

손 내밀면 언제라도 닿을 거리에서

더운 밥그릇 같이 따뜻했지만

이젠 남아 있지 않다

돌아올 수 있을 만큼의

시간을 넣고 끓인다

졸아든다

왕은점표범나비

건기로 접어들며
목마르고 등 가려웠지

긴 잠에서 깨어 처음 본 것은
초원을 질주하는 점박이 무늬
바람이 음각된 사바나 표범의 반점 같은

그의 얼룩무늬 어깻죽지에 새기고
스카프 한 장이 날개 얻은 듯
등고선 없는 허공을 날지

이정표 잃은 해안가 벼랑일 때는
엉겅퀴 찾아 고개를 돌려
외로운 허기에 시달려도
쉬지 않고 바람 가르지

프라이팬

제대로 뜨거워지기 위해
전속력으로 달렸다
열정으로 혹은 특유의 매끄러움으로

냄비 안 물의 비등점보다 높은 팬 속 열기
몸 수척해지는 줄도
까맣게 타들어가는 줄도 모르고
지지고 볶던 나날
귀퉁이에 흠집 보인다
여기저기 온전한 곳이 없다

익숙한 내 안의 뜨거움도 낯설어
몸 낮추는 저녁
맘에 안 들어도
그러안고 함께 더워지기로 한다

잘리다

검은 가운을 건네는 네오미용실 사내
가슴까지 치렁거리는 까만 머리가 야크를 닮았다
내 긴 머리칼을 말리느라
드라이어에서 뿜어지는 더운 소음 속
엉클어진 기억을 정리하듯 그의 손이 바쁘게 움직인다
검은 털 늘어뜨린 야크를 따라 티베트 고원을 오른다
일상의 잎 일상의 줄기 일상의 열매 일상의 뿌리
긴 털 덮어쓴 채 고개 숙여 맞는 바람

힘겹게 고원을 오르는 저 야크의 검은 털을 잘라 줄까
뚫어져라 바라보던 내 눈길이 가위를 꺼내드는데
짧게 자를까요? 느닷없이 그가 묻는다
여전히 흐르고 있는 거울 옆 스피커의 잡음
오르막에서 흔들리던 거울 속 내 눈동자
잘라 주세요! 그의 머리칼 대신 잘린 내 머리카락들

소스라치며 가위 끝으로 밀려나고 있다

쏟아지는 머리카락 사이로

가차 없이 잘려 나가는 내 상념의 자락

경계의 안쪽

다시 배롱나무다
잔바람 이는 안쪽이다
한결 누그러든 열기 깔고 앉은 물가
다리를 둥글게 감싼 등 뒤로
어둠이 발을 친다
배롱나무 떨림에 베가성星이 돋는다
나뭇가지의 비슷비슷한 굴곡 사이
습관처럼 슬며시 기우는 길목
고집스레 다니던 길이어서
어지간한 어둠엔 익숙해졌어도
또 넘어져 상처 입는다
소리 내지 않는 것이 배려라는
진실을 배워 가는 중
밤하늘 올려다본다
꽃 떨어지고 잎 돋는다

비린내 나는 사랑인 줄 알면서 숟가락 놓지 못하는

계절의 경계에서

한때의 온기 온몸으로 읽는다

얼룩 고양이의 계절

엄습한 동장군에 검은 털 부풀렸지
도시의 미아처럼 헤맸지

추위보다 무서운 건 길을 잃는 것
눈에 불 밝혀 둘러보아도
부나방 같은 눈발 속으로 길이 묻혔다

적막의 벼랑을 걷고 또 걸었다
눈밭 너머 붉은 동백 피고 있겠지
발자국 지우며 쌓는
소복한 눈발
돌아보아도 멀리 지나온 길
눈 내리는 벌판에 홀로 서 있다

나는 얼룩 고양이

등에도 머리에도 하얀 반점 돋은 짐승

함박눈이 어둠 재촉하는

바람의 저녁

보리암

눈길 닿는 곳마다 넉넉한 풍경화다 더위 꺾인 여름 저녁
발아래 남해 전경에 안개 몰려와 하얗게 풍경 지우며 깊숙
이 스며든다 얼마쯤 지났을까 소리도 없이 빗장 뺀 바람에
서서히 차오르는 그림들 절벽 아래 풍경 드러나니 그만 현
기증 인다 출렁이는 파도에 멀미가 난다 보이는 것과 보이
지 않는 경계가 안개 한 꺼풀이다 이것 아니면 저것 갈등하
며 살아온 때문인지 복잡해진 세상만큼이나 단순해졌을까
안개가 구획한 세상에도 흔들린다 보리암 경내 함박꽃나무
무던히도 향기로운데

무제

광화문 옆 해머링 맨

망치 들고 종일토록 내리쳐도

조금도 안 무서운 이유

쉼표

뒷산 오르는 길 참나리라고 적힌

팻   말

위   에

잠자리가 앉았다 제 이름표인 줄

가

을

저

녁

가을 은행나무

당신을 좋아하는 한 가지는
가을빛을 간직하기 때문입니다
옷깃 여미는 이맘때면
잊지 않고 건네는
가슴으로 익힌 지상의 환한 미소
촘촘히 건너온 여름날의 뙤약볕과
천둥 번개 머물던 어둔 밤을 삼켜
몸으로 새긴 노란 소인消印
당신을 좋아하는 이유는
의연함 때문입니다
비울 줄 알기 때문입니다
맨몸으로 망망한 겨울을 건너는
간이역처럼
벗은 몸에 하얗게 내리는 눈을
고스란히 받아 안을 것을 알기 때문입니다

월명기 月明期*

올 들어 세 번째 폭설 소식을 접하며
고립된 마을 어귀 서성거리다

지난 혹서에 흐드러지게 터뜨렸던 배롱나무꽃으로 든다
그물처럼 펼쳐 놓고 오래 물들이던 꽃잎들

나 무엇을 위해 백 일 밤낮 꽃 등불 켜 보았는지
지극한 꽃그늘 지어 보았는지

꽃 울음 길던 연유 내 방식대로
배롱꽃 닮은 오랜 사랑이 좋다고 함께 물들고 싶다고
꽃잎 물었던 배롱나무 맨살 쓸어 본다

가지마다 거센 바람 산다
살 에는 눈꽃 둥지 그러안았다

눈 쌓인 지금이

해진 그물을 손질하기에 좋은 시기

내 안의 홍자색 꽃물 삭히기에 알맞은 시간이다

* 음력 보름 전후에 달이 밝아 생선이 잘 안 잡히는 시기

꽃기린

생래적 기다림이 길어 올렸지
길을 나서는 대신
목 길게 늘이네

이른 볕에 피운 맏물의 여린 노랑은
제 어지럼에 눌려 허둥지둥 비틀거리지
옆구리에 곁가지를 키우고 둥치도 튼실해지면서
멀다는 것도 보이지 않는다는 것도 모두 껴안으며 비로
소
발그레한 빛을 품네

사랑은 확인하는 게 아니라는데

내면의 빛이 제풀로 익을 때까지 기다리지 못하고
조바심에 자주 물을 주면 영락없이

꽃잎은 시들고 말아

그저 사막을 건너는
묵묵함의 방식을 노래할 뿐

기차와 동백과 어깨춤과 바람과

바람이 길을 낸 성산포 신천리 밤바다
달님이 등불 켜 든다
기차는 닿지 않는다고 했다

먼 꽃 소식 대신
물에 뜬 달빛동백꽃모가지 낭자하다

집어등 같이 밝은 달빛에도 취하지 못해
우물쭈물 어깨춤 놓는다

계절도 지고 사랑도 저문다고
둥둥둥둥 가까워지는 북소리
바람만이 사원寺院이다

4부

하루

늦은 커피 한 잔에 깊은 밤도 환하다

먼저 잠든 어깨에 꽃무늬 이불 당겨 주니

모퉁이 꽃 흐드러지게 피어난다

겨울 꽃

붉게 흥분된 목소리가
무릎까지 쌓인 눈을 넘는다
송신탑을 건너오는 고향의 폭설을 바라보며
최면처럼 당초문을 따라나선다

굽어든 골목마다 부시다
한 자쯤 내린 눈이 마을의 지붕을 만들고
키를 낮춰 바닥에 가라앉혔다
소음마저 하얗게 매몰되고 있다

밤의 밑바닥까지 하얘진*
눈 속에 묻힌 시골집 뜰
마른 감나무 같은 노구의 휘어진 등 그림자
유리창에 내비친다

어른거리는 풍경이 푸른 우물길이 되는 곳

내 안의 떫은 맛 몇 번을 우려내어

말랑하게 키워주던 숨결

하얗게 오른다

* 가와바타 야스나리의 '설국'에서 인용

그해 겨울

춘천행 열차가 눈길 내달린다

차창 밖으로

눈가루 연기 매캐하다

입 열지 않았다

어릴 적 누군가에 끌려가며 울부짖던

염소의 울음소리를 떠올렸다

한겨울 밤 멀어지던 새끼 염소의 타는 울음

못 들은 척 웅크리고 잠을 청했지

백양리 지나 강촌역

신호등이 두꺼운 얼음 갑옷을 껴입었다

철로에도 기차역 낮은 지붕에도

지난 시간을 덮는

많은 눈꽃이 장관을 이뤘다

예견된 여행길

역에서 내린 청춘 인파 군부대로 떼를 이룬다

얼어붙은 길 위에서 불안과 위로가
내외하듯 주춤거렸다
울음소리 길게 따라왔다
백 년 만의 폭설에 자꾸 등 뒤가 시렸다

저녁 창가에 서다

작은 창으로 들어온 철길이 평야를 끼고
느리게 굽어 있다
기차가 간이역에 쉬었다 떠날 즈음이면

구름 사이 오락가락하던 등 굽은 달처럼
창가 서성여 이 생각 저 생각
사이사이로 더위도 꺾이고
어스름이 내려서고

떠나보낸 사람처럼
창밖 평원이 아득하다
풀잎에서 태어난 바람이 다시 일렁인다

열차의 꼬리 점점이 멀어진다
휘어진 길 앞에서 내가 먼저 꺾일 것이 안쓰러웠는지

허공의 너른 팔이 붉은 해를 지우고

어둠 받아 슬쩍슬쩍 덮는다

지금도 내 가슴엔 해당화가 핀다

오래 전의 바다를 달린다

바닷물이 키웠을 물고기는 떠나고
망초와 엉겅퀴가 키를 세운다

사방 둘러봐도 짠물 흔적 보이지 않는다

삼길포로 이어지던 뻘밭 위
발자국에 놀란 황바리가 여기저기
제 집으로 숨어들고
밀물 때면 망둥어가 튀어 오르던

수문 둑 무리 지은 해당화가 벅차게 노을 받던
화곡리

새 살 키우는 대호간척지 끝자락

풀꽃과 함께 환하게 내달린다

발

발바닥 만져 본다
잔금들 모여 무늬 이뤘다

태어나
푸른 잉크 발렸을 시원始原의 족적

낱알 거두던 반달형석도 같은 길 한참을 읽고
직립보행이라는 원거리까지 훑고 나서야
움푹한 저녁으로 든다

소리 내지 못한 아우성 그늘지다
풍화의 어제와 오늘

굳은살 발은 서쪽 바람
저 하늘의 별을 사랑하여

가장 낮은 곳에 적籍을 둔 신전

지상의 좁고 어두운 포복에도
방향 잃지 않을 뿌리

어린 순례

오래된 고목나무 사원寺院

겨울 드는 모습에 마음 시리네

앞날 가늠하니 신발 속에 모래가 돋네

축축한 등줄기로 오르는 좁은 길 보이네

막힌 길 뚫어주어 편히 드나들던 길인데

푹푹 빠지는 모래벌판이네

바람도 울컥하는지 모래언덕의 결을 바꾸네

오래도록 고향의 고목나무 둥치에 기대고 싶은데

크르렁, 새어 나오는 바람경 읽네

적우積雨

젖을 뗀 지 오래지 않았다는 털이 온통 까만 강아지가 시
골집에 왔을 때 조랑조랑 흔드는 꼬리며 눈에 물기 촉촉하
던 고 안쓰럽고 귀여운 것이 쓰다듬는 내 손가락을 어미젖
인 줄 알고 쪽쪽 빨아 댈 때의 느낌이란 참! 그 어린 까망이
가 제 이름을 부르면 어찌 알았는지 뒤뜰에 있다가도 작은
네발로 앙증스레 달려오는 새 생명의 모습이 눈에 밟힐 때

한 생이 저물어 깜깜하게 어두워진다는 것이 얼마나 애달
프고 질척한 지 오래 시달렸던 꿈도 찾지 않는 밤 창 밖 빗
방울이 내 눈에 내리는데 마른 숨을 쉬는 핏줄이 젖은 나를
위로하는 음성을 삼키는 가슴이란 참! 오래 품었던 배롱나
무 홍자색 꽃물 나눠주는 눈빛에 아침인 듯 저녁인 듯 두통
은 오고 미열처럼 번지는 꽃그늘 아래 그치지 않는 빗소리

혓바늘

툭

불거지네요

삼킬 수 없어요

비좁은 방에 돋은 모스 부호

주파수 빗나간 FM처럼 거슬려요

달래야만 하는데

무심코

던져진 말 더듬으면

구차해진 확인 아리게 퉁겨 오네요

그만하기로 해요

빨갛게 날 서 있을 때는

그만큼의 간격

건너뛰기로 해요

꽃구경

꽃잎마다 눈시울 붉다

휴일 이른 아침 수백 리
먼 부름에 만사 제치고 달려가는 길
흐드러진 벚꽃 길도 시들해질 즈음 찾은 조^弔등의
창백한 얼굴 건너
벚꽃 이겨 차지한 국화
꽃 빛에 물들고 꽃향기에 취하는
환한 봄나들이

지하 방을 메운 소음 사이를 간간이 건너다니는 웃음
때를 알리는 벚꽃이며
때도 잊은 국화 속에서
사돈의 팔촌까지 반납한 휴일 챙겨
낯익은 사진 한 장 오랜 안부를 받는다

사방 꽃 잔치

돋보기를 낀 듯 어른어른 퍼져 보이는 꽃잎 너머

다시 꽃길이다

응답하라' S

신호 닿지 않는다
어떻게 해야 할까
창밖에선 함박눈만이 세상을 평정하는데
눈 쌓인 나뭇가지 바라보아도
나무는 하늘만 올려다본다
마음 속 소란의 점선 뜯어내도
둥글어지지 않는 모서리
여전히 접속하지 못해 안절부절 맴돌고
나무들은 여전히 풍경을 만드느라
내리는 눈만 차곡차곡 안아 올리고 있다
우듬지가 휘청
다시 손 내밀어 보지만
낮아진 하늘 바라보지만
너무 먼 전갈자리별 보일 리 없고
방향마저 잃은 채 다물어버린 주파수

대설주의보가 발령되었다는 속보 지난다

하피첩霞帔帖*에 부쳐

서녘 가득
발그레한 물결 출렁입니다
날마다 찾아오는 풍경인데도
눈길 오래 머무네요 가슴 시려옵니다

늘 자식의 안부가 먼저인 당신
따스한 사랑 받고 살아온 난
그래서 노을빛에 빠져 들어요

마음만 떠난 먼 먼 유배지에서조차
바래고 해진 노을빛 치맛자락으로라도 돌아오는
인류가 멸하지 않을 내리사랑

당신이 건넨 노을 두 손 흠뻑 받아든 저녁
마음의 강물 출렁입니다

안부 더 간절해지는

따스한 한참입니다

* 정약용이 유배지에서 자식에게 보낸 노을빛 서첩

연鳶

몇 번의 헛발질이
기우뚱 날갯짓 되어 떠올랐다
톡톡
앞섶을 건드려 주던 위로에 겁 모르고 철탑을 올랐다
흰제비불나방처럼
강 건너 뭉게구름이 되고 낮달이 됐다

오를수록 매운바람 분다
가슴에 매인 뿌리 흔들리고
지상에서 멀어져 식어 가는 심장
외로운 허기 몰려오는 한밤에도
바람이 나의 집

톡톡
당겨 주는 손길 있으면

바라보는 눈길만 있으면

연줄에 피운 꽃은 시들지 않는다고

흔들려야 더 높이 오르는 광활한 여행이라고

흥얼흥얼 오늘도 춤을 춘다

와디 wādī

내리던 비가

오후 들어 그치면서

녹음 짙은 여름 산에 운무를 깔아놓는다

멀리까지 지켜 주던

오랜 배웅 같은 비 젖은 산허리를 돌아오는 길

날 부르는 까만 염소를 두고 온 것도 아닌데

먼 산이 온통 설산으로 보인다

창밖 언덕배기를 오르는 능소화며

슬몃슬몃 일렁여 바람 낳는 수숫대

흔들리며 고여 있는 뒷모습에

물기는 창밖으로 흐르는데

가슴 안쪽으로 축축하다

멎었던 빗줄기가 다시 차창에 몸을 던진다

이제는 기차를 바꾸어 타야 할 시간

가고 싶은 길을 뒤로
방향 거두어야 한다
창 너머 벌거숭이산을 뒤덮었던 눈처럼
보일 듯 말 듯 뭉뚱그려 뿌옇게 보인다
바람조차 삼켜 버린 겨울 설산
아니 여름 안개 산

길 위의 아침

둥근 입 바라보아요

오랜만에 떠오른 이름인데 낯설지 않아요

갓 지은 밥을 퍼 다독입니다

왼손에서 두툼하게 넘치는

밥 한 그릇의 과분

여기쯤이면 거의 왔겠다 싶은데

길과 길이 만나 이어지는 또 다른 길 위

다시금 보온 도시락 준비하는 엄동의 시간입니다

따스해서 잊히지 않을 이유와

모나지 않은 길이어서 꺾이지 않았을 오래된 밥그릇 앞

손 모아 따뜻하게 굴복합니다

먹이는 것만이 전부인 어미의 아침입니다

백야

청맹과니 흰 지팡이

길 두르며 걷고 있어요

두드려야만 보이는 길 이리저리 내저어요

선명하게 표시 된 횡단보도 앞

박명薄明의 틈으로 가늠하네요

더듬어 읽으며 경계 안으로 들어오는 길가

모퉁이 지워 둥글게 내딛는 지팡이 끝 흰 점

발자국 뒤로 하얗게 박혀요

굵어진 눈발처럼

어깨 비켜 총총히 횡단보도를 건너요

보도에 뿌려진 씨앗이 자라

날마다 쑥쑥 자라

상트페테르부르크의 겨울 건너

오래도록 시들지 않는

천일홍 흰 꽃으로 피어요

아포리즘

세상을 지배하는 것은 한 글자에 있다지
돈과
몸처럼

그래서 날마다 읽고 쓴다네
책과
시詩라는

혹한기에 읽는 매월당

당신을 읽어요

떠돌아다니며 빌어먹을지언정

돌아서면 안 된다 했지요

곧은 길 고집하던 강직한 품 따라

꺼지는 불 다시 지펴요

생솔가지 꺾어 넣으니 연기만 오르네요

타닥타닥 내뱉으며 타오를 불길

안에서 마르고 불붙을 때까지 기다리지요

오늘 밤 꿈에 흔들리는 사다리를 올라도

힘주어 잡고 하늘 쳐다보며 오를 게요

오만 생각이 수작 걸어올지라도

더 바른 자세로 앉아요

찬바람 불어와도 괜찮아요

겨울 깊으면 봄 가깝다는 것쯤

이젠 쉽게 알지요

늦어도 돌아가기로 해요

차분한 보라

열정을 사랑했지만 냉정이 필요했네
앞도 뒤도 함께 품어야 했지

나설 수도 물러서지도 못해 중간 어디쯤 숨어들기 위해
엉거주춤한 자세로

이를테면 시골집 고방
큰 항아리 옆 그림자로 앉아 이런저런 생각하기에 맞춤
한 곳 같은

기울거나 도드라지지 않으려
루비 사파이어 아닌 기껏해야 자수정이었을
뜨거움도 차가움도 안으로 삼켜야만 했을 어머니 같은

오른쪽에 가까울 때 있었지

통증이나 주름 그리하여 안타까움이 핏줄이라면 지금은
왼편에 닿아 있다네

12월의 서序

마른 부리로 바람에 맞섰던
둥지를 위한 날갯짓은 인내였다
죽지 다독여 지나온 상처 털어내는 송년의 저녁
새들은 깃털 부풀려 서로의 어깨를 겯는다

별빛 물어 나르느라 젖혀진 고개 위해
매년 경직된 마침표를 찍지만
하강은 새로운 비행을 위한 숨고르기

몇 번의 달빛과 몇 개의 물길 건너
다시 이 자리로 오기까지
새로운 촉을 쏘아 올려야 할 시점이다

깃털 다듬어야 한다
발가락에 힘주어 나뭇가지 움켜쥐어야 한다

날것의 시간 앞에

정한 기운 품어야 할 때다

새로운 목초지를 찾아 떠도는
불확실한 시대의 노마드

유한근(문학평론가·전 SCAU대 교수)

김택희는 '시인의 말'에서 "걸어오는 동안/낮아지던 시간들/이제는 옹이도 맑은 영혼으로의 디딤돌이다"라고 말한다. 그 말 속에는 많은 의미가 함유된 것으로 보인다. "낮아지던 시간들"도 그렇지만, 특히 "이제는 옹이도 맑은 영혼으로의 디딤돌"이라는 말도 그러하다. 전자의 경우는 살아오는 동안 짧게 느껴지는 시간 개념, 무뎌지는 시간에 대한 감각 등을 의미할 수도 있고, 아니면 후자의 '옹이'와 관련 있는 시간 개념일 수도 있다. 아니면 〈해빙〉에서의 "얼었다 녹았다가를 되풀이하는 동안/간절함도 무뎌"진 그 옹이일 수도 있다. 그렇다면 후자의 경우부터 화두로 삼아 탐색해야 할 것이다. '옹이'의 정체가 무엇이며, '맑은 영혼'이 어떤 시적 현상으로 나타나는가가 그것이다. 따라서 이 평설은 이 화두를 풀어나가는 데 바쳐져야 할 것이다.

1. '옹이'의 본체 해명을 위한 감각적 표현

　시인의 자아 탐색은 자신의 본체를 성찰하려는 데 있다. 내
면 깊숙이 똬리를 틀고 있는 그 무엇. 그것이 한恨이라는 정서
든, 내면의 상처이든, 무뎌져 딱딱해진 '옹이'이든, 원형질적인
그 무엇이든 그것을 표출해 내기 위해 시인은 시를 쓴다. 그것
이 '옹이'라면 그것을 뽑아내기 위해 시를 쓸 수도 있다. 그 힘으
로 시를 쓸 수도 있다.

　나이가 들수록 우리의 감성은 쇠퇴해진다. 그러나 시인은 그
것에 대해 저항한다. 쇠퇴하는 감성을 젊게 하려는 감각적인 시
인에게 있어서, 나이라고 하는 존재는 오히려 그 '옹이'를 단단
하게 하지 못한다. 그래야 청결한 영혼을 가진 시인이 될 수도
있기 때문이다. 그래서 김택희 시인은 '옹이'의 시를, 시 창작을
"맑은 영혼으로의 디딤돌"이라고 생각하는 것은 아닌지.

　　꽃핀자리 환하더니 꽃 진자리 움푹하네

　　흰 꽃 피웠던 사과의 배꼽 붉게 눌려 있네

　　비탈진 몸짓으로 돌아다보네

　　애초에서 건너온 시간

돌아앉은 발길들 멀어져 가네

야윈 동행에 봄으로 뻗은 손길 축축하네

—〈소실점〉 전문

위의 〈소실점〉에서 한 행을 한 연으로 구조한 것은 다분히 의
도적인 것으로 보인다. 행간에 많은 스토리를 숨겨 놓았든지, 의
미 공간의 비약을 의도적으로 시도한 것이든, 혹은 시의 내재율
을 조절하기 위한 것이 자신의 시학이기 때문이든 김택희는 이
모두를 적용하기 위한 것으로 보인다. 6행이 6연을 이룬 이 시
의 경우, 난해의 시어는 없지만 한 행 한 행, 이를 이해하는 데에
는 용이하지 않다. 1연과 2연의 경우, 꽃핀자리에 꽃이 떨어져
열매인 사과가 열린 그 이미지를 묘사한 것으로 이해하면 쉬워
진다. 그러나 1연의 "움푹하네"와 "사과의 배꼽 붉게 눌려 있네"
를 보이는 현상으로 이해하면 그렇지만, '움푹하다'와 '배꼽 붉게
눌려 있다'에 함유된 의미 공간을 헤아려 보면 그 독해가 만만해
지지 않는다. '옹이'와 무관할 것으로 가늠되기 때문이다. 그다음
연의 시어 '비탈진 몸짓' '돌아앉은 발길들' '야윈 동행'과의 유기
적 의미 구조를 탐색할 때 더욱 그러하다. 축축하게 젖은 "봄으
로 뻗은 손길"의 이미지 은유 구조를 볼 때도 그러하다.

소실점消失點의 미술 용어로서의 사전적 의미는 "실제로는 평
행하는 직선을 투시도상에서 멀리 연장했을 때 하나로 만나는

점"을 뜻한다. "야윈 동행", 그 관계가 시간이 흐르면 만나게 되는 점이다. 그러나 사라져 없어진다는 의미 혹은 잃어버린다는 의미의 소실消失, 그 자리 의미의 소실점은 있었으나 없어진 자리를 의미한다. 따라서 〈소실점〉은 중의적 의미로 이해할 수 있다. '옹이'가 없어진 자리로도 의미할 수 있고, 평행 관계가 만나는 점으로도 볼 수 있다는 점이다.

그렇다면 '옹이'의 정체는 무엇일까?

툭
잘린 하루
눈도 코도 지우니
말랑해진 여유

틀 속에 맞춰
눌러보고 냄새 맡고 맛보던 테두리를 벗어나
각 세우는 습관까지 늦춰
오늘은 마크 로스코의 저녁으로 갑니다

질감 따라 내딛으면
매끈하고 나긋해요 낯설지 않아요
가만 부풀며 설핏 탄력으로 튕겨 오르죠

단단함을 이기는 부드러움으로
뜨겁게 엉기던 그 응고의 힘으로
잘려도 둥글어지지 않는 완고한 미덕으로
형식의 틀 너머 탱탱하지요

애초에서 멀어지고
뭉쳐 있어 난해할 뿐 투명하지 않아도
불순물 없는 본질
오래 다니던 길에 쌓인 숫눈처럼
길목 환해요

—〈두부의 저녁〉 전문

〈두부의 저녁〉은 '두부'의 현상적 성격을 자신의 내면을 탐색하기 위해 새롭게 인식한 시이다. "말랑해진" 질감, "매끈하고 나긋"하고 "탄력으로 튕겨 오르"는 두부. "단단함을 이기는 부드러움"을 "뜨겁게 엉기던 그 응고의 힘"으로 "잘려도 둥글어지지 않는 완고한 미덕으로", "형식의 틀 너머 탱탱"함으로 새롭게 인식한다. 그리고 "애초에서 멀어지고/뭉쳐 있어 난해할 뿐 투명하지 않아도/불순물 없는 본질"로 인식하므로 해서 "오래 다니던 길에 쌓인 숫눈처럼/길목 환해"졌음을 토로한 시이다. 여기에서 "애초에서 멀어지고/뭉쳐 있어 난해할 뿐 투명하지 않아도/불순물 없는 본질"에 주목하게 된다. 그리고 '마크 로스코의 저녁'이라는 표현 삽입에도 의혹을 갖게 된다.

마크 로스코Mark Rothko는 추상표현주의의 선구자로 불리는 러시아 출신의 미국 화가이다. 그의 그림에 대한 평가는 추상화이기 때문에 다를 수 있겠지만 많은 사람들은 다음과 같은 의견에 동조한다. ①"현대사회의 소통 단절과 외로움이란 주제를 발전시"켜 "한 가지 주제를 다양한 소재로 변형해 그리고 있다는 점" ② "모호한 색면과 불분명한 경계선으로 이루어진 직사각형"으로 "절망부터 환희에 이르기까지 다양한 감정의 물결을 불러일으켰다"는 점. 그리고 ③"말기 작품에서는 단 하나의 수평선으로 화면이 양분되는 등 구성이 더욱 단조로워지고 무거움과 우울함의 정조"(두산백과 참고)를 표현하고 있다는 점이 그것이다. 이런 로스코의 그림 경향을 차용해서 볼 때 "마크 로스코의 저녁"은 소통 단절의 외로움, 절망과 단조로운 무거움과 우울함의 정서로 이해해도 좋을 것이다. 그리고 마지막 연의 두부에 대한 시인의 새로운 인식인 "애초에서 멀어지고/뭉쳐 있어 난해할 뿐 투명하지 않아도/불순물 없는 본질"과 연결될 수 있을 것이다.

이렇듯 김택희의 시는 시적 대상인 사물에 대해 섬세하고 감각적인 이미지로 표현하면서, 그 이미지를 통해 시인의 내면을 투영시킨다. 멀어져 있던 것이 뭉쳐져 난해해진 "불순물 없는" 두부와도 같은 존재인 시인의 '옹이', 그것은 경직된 윤리적 사고나 습관처럼 경직된 감성일 수도 있고, 아니면 내면 깊숙이

도사리고 있는 그 무엇, 위의 시에서 보여 주고 있는 소통 단절, 절망, 외로움, 무거움과 우울함 같은 정서일 수도 있고 한恨과도 같은 정조일 수도 있다. 그리고 한편으로는 그것으로부터 일탈하려는 시인의 마음일 수도 있다.

2. 노마드 의식으로의 원시 탐색과 제재전통

시인은 정주定住된 영혼을 소유하지 못한다. 무엇인가를 탐색하기 위해 떠돈다. 그것이 태생적이든, 후천적으로 획득된 것이든 새로운 지평을 열기 위해 헤맨다. 그것은 삶의 가치에 대해 탐색하기 위한 진지한 자유정신이며 문학정신이다. 그래서 시인은 천형을 받은 사람으로 자신을 인식하고 있는지도 모른다. 그것이 창조 지평과 무관하지 않기 때문이다. 나는 이 시집《바람의 눈썹》을 일별하면서, 그의 시를 관통하는 의식이 이것이라는 생각을 비로소 하게 됐다. 내가 알고 있는 자연인으로서의 그의 삶에서 그런 일면을 짐작조차 하지 못했기 때문이다. 새삼스럽게 그 힘 때문에 그가 시를 쓰는 것은 아닌가 하는 의혹과 함께 그는 천생 시인임을 새삼 느낄 수 있게 되었다.

노마드는 '길'과 무관하지 않으며, '길'이라는 시어들이 그의 시 곳곳에서 출현함도 새롭게 주목했다.

한 방향으로만 걷는 습관 때문에 가끔 길을 잃곤 해요

빌딩 숲에서 헤매다 만난 당신과의 저녁

막 지나온 길처럼 그릇 속 면발지도 위

날마다 걸어도 여전히 다른 길이 되는 굽은 어디쯤

마주앉아 국수 가락 부는 입김 유리창에 무늬 놓아요

퉁퉁 불은 이야기 잘려 웃음으로 이어지는 소박한 위로

후루룩 소리 젖어드는 유목의 날들

당겨진 국수 가락처럼 생의 모퉁이를 돌고 있어요

—〈누들 로드The Noodle Road〉 전문

〈누들 로드The Noodle Road〉도 동서교역의 길인 실크 로드처럼
'국수의 길'을 의미한다. 10년 전 KBS에서 영상 콘텐츠로 제작
되어 방송된 다큐멘터리 명칭이 '누들 로드The noodle road'이다. 국
수의 탄생과 이동이 동서문명 교류에 따라 흐르면서 어떻게 변
화되었는가를 취재한 영상물이다. 그러나 김택희가 이 영상물

에서 발상을 했는지는 알 수 없지만, 이와는 관련 없이 자신의 모습을 위의 시에 투영시킨다. 이 시도 〈소실점〉처럼 한 행이 한 연이다. 그 첫 연을 "한 방향으로만 걷는 습관 때문에 가끔 길을 잃곤 해요"라고 토로한다. 가끔 갈 길을 잃어버리는 화자의 모습, 그 이유를 화자는 일방통행의 자신의 습관 때문이라고 말한다. 그리고 "날마다 걸어도 여전히 다른 길이 되는 굽은" 길 때문이라고도 인식한다. "막 지나온 길처럼 그릇 속 면발지도 위//날마다 걸어도 여전히 다른 길이 되는 굽은" 길인데, 그 길 "어디쯤//마주앉아 국수 가락 부는 입김 유리창에 무늬 놓아요"라고 화자의 일상의 한 단면을 그린다. 그 일상이란 습관처럼 잃어버린 길, 그 길을 "그릇 속 면발지도"의 국수 가락에 비유하며, 그 길이 "유목의" 길임을 인식한다. 그러니까 이 시는 '유목의 길'을 모티프로 하여 지은 셈이다. 그렇다면 "빌딩 숲에서 헤매다 만난 당신"에서의 당신은 '유목의 길'이며 시인이 가지고 있는 노마드적인 의식인 셈이다.

우리는 이 시대를 새로운 유목민遊牧民, Nomad의 시대라고 인식한다. 마셜 매클루언의 노마드에 대한 정의 때문만이 아니라, 질 들뢰즈의 '노마디즘nomadism' 때문인지도 모른다. 특히 아날로그 시대에서 디지털 시대로 바뀌면서 이러한 그들의 정의가 설득력을 갖고 있는 것은 틀림없다. 그러나 우리 민족의 효시가 해를 좇아 중앙아시아에서 동으로 이동해 왔고 농경사회로 들어서면서 정주민의 삶으로 이행되었다는 민족사적 이해와 우리의 내면에는 원형질적으로 유목민적인 인식이 내재되어 있음을 인정할 때 시인의 노마드적인 의식은 이해될 수 있을 것이다. 특정한 고정적인 가치와 삶의 방식에 매달리지 않고 부단히 자신을 바꾸어 가는 시인의 창조적인 행위를 인정할 때 특히 시인들이 지니고 있는 의식은 설득력이 있다. 그래서 들뢰즈의 〈차이와 반복〉에서의 '방목하다'는 짐승 사육에 대한 개념보다는 시인의 의식을 규정하는 데 보다 적절하다 할 것이다.

"원시림을 걷고 있어요"라고 시작되는 김택희 시인의 〈아직도, 때때로 그리고 자주〉에서도 이러한 유목인 의식을 엿볼 수 있다.

원시림을 걷고 있어요
백악기를 건너온 메타세쿼이아나무숲 지나
물푸레나무 사이로 바람이 길을 트네요
나무 냄새 찰박해요
지금도 생각하죠
눈 안에 갇혀 있는 말
아무리 더듬어도 눈동자 끝에서만 가물거릴 뿐
터지지 않던 기억
당신은 없나요
새소리처럼 생생한데 그릴 수 없어요
좁은 계곡에 불시착한 헬리콥터의 잔해 같은

부러진 기억 꿰맞추다가
바람의 메시지 들어요
큰 나무에서 내미는 작은 움의 더듬거리는 손짓
땅속으로 뻗은 뿌리의 발짓과
먹이 나르는 어미 새의 날갯짓

우듬지에 새부리 같은 촉 몇 개
바람의 눈썹 건드리고 있어요
오늘 밤엔 갇힌 말들 터뜨릴 수 있을지도 모르겠어요
　　　　　　　—〈아직도, 때때로 그리고 자주〉 전문

　위의 시는 "아직도, 때때로 그리고 자주" 원시의 냄새와 소리, 바람의 길과 메시지, 그리고 화자 내면의 원형질 속에 내재해 있는 "말"을 듣고, 원시의 기억을 환기하고 있음을 노래한 시이다. 지금 여기 현대에서 거슬러 올라가 그 원시의 것들과 만날 수 있음을 노래한다. 메타세쿼이아나무는 은행나무와 함께 공룡시대 때부터 살았던 나무로 알려져 있다. 원시의 나무인 셈이다. 원시의 냄새와 소리, 그리고 그 자연 속에서 살았던 인류의 언어를 기억하는 나무이다. 이 시에서의 '당신'은 특정한 사람이기보다는 화자 자신이나 모든 사람을 의미할 수 있다. "아무리 더듬어도 눈동자 끝에서만 가물거릴 뿐/터지지 않던 기억/당신은 없나요"에서의 '당신'은 또 다른 자아인 원시의 자아일 수도 있다. 자연 속에서 유목민으로 살았던 자아, 그 자아의 말, "우듬지에 새부리 같은 촉 몇 개/바람의 눈썹 건드리고 있어요/오늘 밤엔 갇힌 말들 터뜨릴 수 있을지도 모르겠어요"에서의 '오늘 밤엔 갇힌 말들'을 김택희 시인은, 그 언어들을 찾아 시를 쓰는 것으로 보인다. 그렇다면 그의 시는 원시의 말이며 원초적인 언어가 된다. 시인들이 늘 몽상하는 그 언어일 수 있다.

김택희의 몽상의 언어는 "큰 나무에서 내미는 작은 움의 더듬거리는 손짓"이며, "땅속으로 뻗은 뿌리의 발짓과/먹이 나르는 어미 새의 날갯짓"과 같은 문명에 때 묻지 않은 원시의 언어이다. "우듬지에 새부리 같은 촉 몇 개/바람의 눈썹 건드리"는 미세한 원초적 감성의 언어이다. 그 언어를 김택희는 "오늘 밤엔 갇힌 말들"이라고 인식하며, 그것을 끌어내려고 고뇌한다.

〈소금 카라반〉에서 시인은 "멀찍이 앉아/산굽이 돌아오는 소금 카라반을 읽"고, "소금 같은 사랑/사랑 같은 소금 찾아 언덕을 오"르며 "소금 찾아 떠도는 카라반"이 되기를 꿈꾼다. 〈노을과 유목과〉에서 시인은 "달려오는 말발굽 소리에 쫓기는 오후//얼었다 녹은 몽골아이의 볼처럼 빨개져/산언덕 귀밑에서 불 냄새로 오른다//마른 꽃이라도 피우고 싶어/고비사막 모래 물결처럼 두"르며 "너도 나도//때가 되면 떠나야 하는 유목"인이 되기를 원하는지도 모른다. 그뿐만 아니라, 시인은 〈바람, 경계를 허물다〉에서 "마주 구르던 바람이 가지 흔들면/바람과 볕 사

이 눈길 여"물고, "유목민의 뒤꿈치에/끌리는 옷자락을 줍느라
멈칫/꽃 진 자리"에서 "몇 광년으로 내달리고//집 앞 창가를 기
웃거리던 복숭아 나뭇잎 사이/봄볕 둥글게 차오른" "풋 우주"가
되기를, 경계를 허무는 바람이 되기를 원하는지도 모른다.

　이에 따라 김택희 시에서 자주 등장하는 '길'의 이미지가 주목
될 수밖에 없다. "길과 길이 만나 이어지는 또 다른 길 위" "모
나지 않은 길이어서 꺾이지 않았을 오래된 밥그릇 앞"(〈길 위의
아침〉). 그리고 〈홀씨의 변辨〉에서는 "먼 산 유혹에 날개를 꿈꾸
었"던 봄바람. 〈그네〉에서 떨림으로 존재하는 바람 등이 길과
함께 주목하게 된다. 길 위에서 자연의 하나의 사물인 원시의
바람을 그는 몽상하고 있기 때문이다.

　김택희 시인의 몽상은 원시의 본체를 탐색하기 위해 떠도는
것뿐만 아니라, 우리 것, 우리의 정서와 모티프에까지 그 탐색
을 멈추지 않는다. 그 예시가 〈한여름에 만난 문익점〉〈하피첩霞
帔帖에 부쳐〉〈혹한기에 읽는 매월당〉 등 일련의 시들이다.

　①당신 참 오랜만이네요
　더운 한낮 지하수 끌어올리는 마중물 같아요

　시원한 바람 마중 나선 길
　당신 여기 있네요 시르죽은 내게 보내는 눈길
　송이송이 목화 꽃이네요

붓두껑 속 숨죽인 내밀
나는 알지요 데칸고원의 바람 쟁여 어르던 마음이며
애태우던 눈빛 생각해요
기꺼운 당신의 긴 강줄기

　　　　　　　　　　　—〈한여름에 만난 문익점〉 부분

②마음만 떠난 먼 먼 유배지에서조차
바래고 해진 노을빛 치맛자락으로라도 돌아오는
인류가 멸하지 않을 내리사랑

당신이 건넨 노을 두 손 흠뻑 받아든 저녁
마음의 강물 출렁입니다
안부 더 간절해지는
따스한 한참입니다

　　　　　　　　　　　—〈하피첩霞帔帖에 부쳐〉 부분

③당신을 읽어요
떠돌아다니며 빌어먹을지언정
돌아서면 안 된다 했지요
곧은 길 고집하던 강직한 품 따라
꺼지는 불 다시 지펴요

생솔가지 꺾어 넣으니 연기만 오르네요

    (중략)

오만 생각이 수작 걸어올지라도

더 바른 자세로 앉아요

찬바람 불어와도 괜찮아요

겨울 깊으면 봄 가깝다는 것쯤

이젠 쉽게 알지요

늦어도 돌아가기로 해요

―〈혹한기에 읽는 매월당〉 부분

그는 ①의 시에서 문익점을, ②에서는 정약용을, ③의 시에서는 매월당 김시습을 만난다. ①에서는 목화의 고향인 데칸고원의 바람과 "뜨거운 태양의 눈길 품고/열대의 밤을 지나/포근한 꿈 피우더니/차가운 지하수 길어 목물로 붓"고, "더위 밀쳐 하얗게 걸어오"는 목화를 만나고, 정약용의 하피첩에서 강물처럼 출렁거리는 내리사랑과 "노을빛에 빠져"든다. 그리고 ③에서 김택희는 《금오신화》의 저자 매월당 김시습의 정신을 만난다. 은둔과 방랑으로 일생을 보냈지만 결코 백성들의 현실을 외면하지 않았던 사림파 김시습. 그의 "곧은 길 고집하던 강직한 품 따라/꺼지는 불 다시 지"피는 혹한기에 시인의 모습을 투영시킨다. "찬바람 불어와도 괜찮"다고 느끼는 것은 "겨울 깊으면 봄 가깝다는" 평범한 자연의 이치를 새삼 김시습에게서 배운다.

T.S. 엘리어트의 말을 굳이 빌려 오지 않아도 문학에 있어서도 전통의식은 간과할 수 없는 문제이다. 우리 현대시는 주제전통은 물론이고 제재전통으로 그 맥을 이어 와야 한다. 이것이 전통의 계승과 발전이기 때문이다. 이에 따라 현대시는 시 정신에서부터 제재에 이르기까지 우리 문학의 신화·원형을 탐색해야 한다. 그래야 속된 말로 족보 있는 시가 될 수 있기 때문이다. 이런 맥락에서 김택희 시는 우리 시의 전통에 뿌리를 두고 있으면서도 현대에 맞는 실험을 잊지 않는다. 기존에 것에 대한 반역과 새로운 것에 대한 도전이 현대시의 새 지평을 연다는 실험정신이 그것이다. 특히 〈신공무도하가新公無渡河歌〉에서 보여 주고 있는 전통의식은 주목된다. 이 시에서 김택희는 자신의 시세계 그 지평을 가능하게 한다. 일명 '공후인箜篌引'이라 지칭되는 고조선의 뱃사공 곽리자고霍里子高의 아내인 여옥麗玉이 지은 〈공무도하가公無渡河歌〉를 패러디한 시이다. 선유도 한강공원 출렁다리 앞에서 봄나들이에 나섰다가 "바람 차다 말리는 봄빛 보이지 않"자 "공무도하 공무도하/누구라도 외쳐줄까 멈칫거리는데/눈치 없는 칼바람만/길어진 목 사정없이 베어"댄다. "언뜻 부르는 듯도 해 고개 돌리니/모퉁이에 회 분칠한 자작나무"는 "모른다 멀뚱거릴 뿐/공무도하 공무도하/잡아줄 님 보이지 않고/먼 빌딩 사이 서녘 해만 홍매처럼 물"들어 있다고 시인은 노래한다. 상고上古의 여인네의 정서를 현대 여성의 정서와 접맥시킨 시이다. 이러한 전통정신은 새로운 실험정신이며 자유로운 시인의

초월정신에 그 뿌리를 둔다.

3. 실험·자유정신과 자아정체성

실험정신은 도전정신이며 자유정신에서 비롯된다. 그리고 그
것은 창의성과 무관하지 않다. 현대시의 실험정신은 내용과 형
식 측면에서 이루어진다. 이제는 쓸 것이 없다는 '무엇을'에 대
한 절망감과 '어떻게'라는 형식적인 측면을 실험하는 것으로 형
식이 내용을 바꾼다는 논리를 입증하려는 정신에서 나온다.

김택희는 우선 형식적인 측면에서 그 실험을 시작한다. 이를
입증하는 시가 〈목련〉과 〈쉼표〉이다. 이를 모티프로 하고 있는
현대시를 접할 수 있는 기회는 많다. 그래서 이러한 제목의 시
는 진부하기만 한다. 이를 극복하기 위해 김택희는 시의 구조를
시각적으로 변용시킨다.

꽃
　봉오리
　　목련은 봄
　　물 흠뻑 머금
　　은 흰 붓이다 하
　　늘 화선지 향한 붓

자루 흔들흔들 중심을

잡는다 묵은 빌딩만

올려다보고도 환

한 글을 쓴다

다시 새

봄

이

라

고

　　　　　　　　　　　　　　—〈목련〉 전문

　〈목련〉은 시각적으로 목련꽃 봉오리와 붓의 모양을 형상화하
여 그 안에 시어를 배치한다. 특히 목련의 이미지와 흰 붓의 시
각적 이미지를 형상화한다. 그리고 시각적 상상력을 확대하여
하늘로 높이 솟은 묵은 빌딩과 봄에 대한 열망을 목련의 이미지
로 연결시킨다. 이러한 실험적 시도는 봄을 표상하는 목련을 색
다른 감각으로 형상화한 시로 제재의 진부감을 극복한다. 제재
전통을 계승하면서 열망과 기원이라는, 그리고 붓과 낡은 빌딩
이라는 전통 모티프와 현대적 모티프를 결합시키려는 실험의식
을 엿보게 한다.
　이와 같은 맥락의 시가 〈쉼표〉이다.

뒷산 오르는 길 참나라라고 적힌

팽   말

위   에

잠자리가 앉았다 제 이름표인 줄

가

을

저

녁

─〈쉼표〉 전문

  위의 시의 시각적 형상은 제목인 쉼표 ' , '이다. 쉼표라는 부
호는 문장부호로, 잠시 쉬었다가 진행하라는 기호이다. 이 문장
부호를 김택희는 이렇게 시각적 효과를 노리면서 메시지를 전
언한다. 이 모형을 풀어 일반적인 시의 구조인 시행에 맞추어
보면 이렇게 될 것이다. "뒷산 오르는 길 참나라라고 적힌/팽
말/위에/잠자리가 앉았다 제 이름표인 줄/가/을/저/녁"이라는
틀이 그것이다. 이렇게 이 시의 내용을 정리하면 이 시의 시각
적 모습은 '쉼표'의 문장부호인 기호 ' , '보다는 참나라라는 이름
이 적힌 '팽말'이다. 그것을 쉼표라고 제목을 붙인 것은 팽말에
자신의 이름이라 여기고 앉아 쉬어 가는 잠자리 때문이며, '가
을저녁'이라는 쉬는 시간을 의미하기 위해서인 것으로 보인다.
그 발상이나 전개, 그리고 그 새로운 의미 공간이 참신하다. 기

존의 누구의 어떤 시에서도 볼 수 없는 시이다.

그러나 이러한 시각적 모형의 실험시는 그 한 편의 시로 족하지 반복할 수 없다는 속성을 지니고 있어 단 한 번으로 끝나며 독립적인 단독자로서의 존재로서 남게 된다는 약점을 지니고 있다. 그러나 위에서 보았던 것처럼 참신함과 독보적인 시로 '쉼표=팻말'의 등가치로 새롭게 인식할 수 있다는 점과 '참나리=잠자리=화자'의 등가치를 새롭게 환기할 수 있다는 점에서는 주목된다.

> 세상을 지배하는 것은 한 글자에 있다지
> 돈과
> 몸처럼
>
> 그래서 날마다 읽고 쓴다네
> 책과
> 시詩라는
>
> ―〈아포리즘〉 전문

〈아포리즘〉은 아포리즘이 의미하는 바, 격언·잠언·금언·경구 등 진리의 언어처럼 짧다. 6행으로, 행의 길이도 6행 중 4행을 한 음보로 쓴 시이다. 이러한 실험적인 시도가 기존 시에서 없었던 것은 아니다. 그러나 디지털 시대, 긴 글을 읽기 싫어하는 젊은 세대에게 있어 이런 경향의 시는 접근이 용이하다는 점에서 다시 주목되는 형식이다.

위의 시에서 화자는 "돈과/몸"을 "세상을 지배하는" 언어로 보았다. '돈과 몸'은 현실적으로 힘을 지니고 있는 존재이다. 그것은 어느 것보다도 정직하기 때문이다. 돈은 있거나 없지, 그 중간은 없다. 몸도 생과 죽음의 현상적인 존재로 정직성을 지니고 있다. 그것처럼 "책과/시詩"도 정직하다. 진정성이 있다. 그래서 화자는 "날마다 읽고 쓴다"고 노래한다. 결국 이 아포리즘적인 시가 전언하려고 하는 메시지는 "책과/시詩"의 진정과 혹은 정직성이라는 모티프다.

〈와디wādī〉는 아랍어로 건천乾川을 의미한다. 사하라, 아라비아의 건조지역에서 만날 수 있는 간헐하천, 하곡河谷이다. 왜 이 시의 제목을 말라버린 천, 건천이라 하지 않고 아랍어인 '와디'로 했을까? 성경에 나오는 사막지역의 하곡으로 그 상상력을 소급해 올라간 것일까. 아니면 신유목인으로서 그 의식을 표현하려고 하는 것일까. 이 시는 "내리던 비가/오후 들어 그치면서/녹음 짙은 여름 산에 운무를 깔아놓는다/멀리까지 지켜 주던/오랜 배웅 같은 비 젖은 산허리를 돌아오는 길"로 시작된다. 그리고 2연은 "물기는 창밖으로 흐르는데/가슴 안쪽으로 축축하다"로 시작하여, "멎었던 빗줄기가 다시 차창에 몸을 던진다/이제는 기차를 바꾸어 타야 할 시간/가고 싶은 길을 뒤로/방향 거두어야 한다/창 너머 벌거숭이산을 뒤덮었던 눈처럼/보일 듯 말

듯 뭉뚱그려 뿌옇게 보인다/바람조차 삼켜 버린 겨울 설산/아
니 여름 안개 산"으로 끝맺는다. 건천乾川의 이미지는 보이지 않
는다. 그 반대로 화자의 안과 밖이 촉촉한 이미지로 구조되어
있다. 그렇다면 이 시는 아이러니라는 표현 구조를 차용한 것
일까. 아니면 원시의 여름 혹은 노마드의 강을 표현하려고 하
는 것일까? 이 세상을 건천으로 비유한 것일까. 또는 "가고 싶
은 길을 뒤로/방향 거두어야"는 화자의 의식 때문인가. 뿌옇게
보이는 "바람조차 삼켜 버린 겨울 설산"의 이미지를 '와디wādī'로
인식한 것일까. 나의 의혹은 계속된다.

"추위보다 무서운 건 길을 잃는 것"과 "소복한 눈발/돌아보아
도 멀리 지나온 길"이라는 〈얼룩 고양이의 계절〉을 더 읽자.

　　　엄습한 동장군에 검은 털 부풀렸지
　　　도시의 미아처럼 헤맸지

　　　추위보다 무서운 건 길을 잃는 것
　　　눈에 불 밝혀 둘러보아도
　　　부나방 같은 눈발 속으로 길이 묻혔다

　　　적막의 벼랑을 걷고 또 걸었다
　　　눈밭 너머 붉은 동백 피고 있겠지
　　　발자국 지우며 쌓는

소복한 눈발

돌아보아도 멀리 지나온 길

눈 내리는 벌판 가운데 홀로 서 있다

나는 얼룩 고양이

등에도 머리에도 하얀 반점 돋은 짐승

함박눈이 어둠 재촉하는

바람의 저녁

—〈얼룩 고양이의 계절〉 전문

　이 시에서 주목되는 부분은 "나는 얼룩 고양이/등에도 머리에도 하얀 반점 돋은 짐승"이라는 자아 성찰이다. 자신의 정체를 '얼룩 고양이'로 비유한 부분이다. 검은 반점이 아닌 "하얀 반점 돋은 짐승"으로 인식하고 있다. "부나방 같은 눈발" "소복한 눈발" "눈 내리는 벌판" "함박눈"의 공통적인 흰색 이미지로 구조한다. 이것은 아마도 순백의 의미나 텅 빈 마음, 공허한 마음, 그리고 청결한 영혼을 표상하기 위한 것일지도 모른다. 이 시의 둘째 행 "도시의 미아처럼 헤맸지"의 도시 이미지를 나타내기 위한 의도적인 장치일 수도 있다. '도시의 미아', 유목인처럼 "돌아보아도 멀리 지나온/눈 내리는 벌판 가운데 홀로 서 있"는 존재로 자신의 존재를 인식하고 있기 때문이다. 그렇다면 위의 〈와디^{wādī}〉에서의 "바람조차 삼켜 버린 겨울 설산"의 이미지를 〈와디wādī〉로 인식하고 있는 것을 이해할 수 있을까? 그리고 〈얼룩 고양이의 계절〉에서의 화자의 계절을 "함박눈이 어둠 재촉하는/바람의 저녁"으로 인식하고 있는 시인의 마음을 우리는 읽을 수 있을까. 그렇다면 김택희가 느끼고 있는 시인 자신의 계절은 낭만적이지만 잔인하다. 설산과 함박눈의 낭만과 건천과 추위를 예고하는 함박눈을 몰고 오는 바람 부는 저녁처럼 잔인하다. 〈응답하라' S〉의 "신호 닿지 않"은 절망감, "여전히 접속하지 못해 안절부절 맴"도는 방황, 그리고 "방향마저 잃은 채 다물어버린 주파수"와 같이 절망스럽고 잔인하다.

그리고 일본의 아베 코보의 소설 《모래의 여자》를 모티프로 한 〈모래 여자〉에서 알몸으로 모래에 누워 있는 한 여자. 그 여자의 "밤 별들은 모두 잠"든 고요 속에서 "어느 숫기 없는 이방인이 두고 간 방백/발소리 들리지 않아도/주문 외는지/숨죽인 여인의 봉긋한 가슴에서" 이는 모래바람 같은 그녀에 자신을 투영시켜 자신을 성찰한다. 그 성찰은 내면의 적요함이다.

시인의 궁극적인 목표가 자아 성찰을 통한 자신에 대한 인식이지만, 그것을 통해서 인간과 삶에 대한 지혜 획득이라고 할 때 시인은 자신에게 잔인해진다. 냉철하게 자신의 내면을 뒤집어 본다. 시인의 천형의식과 불구의식까지도 파헤쳐야 한다.

　　발바닥 만져 본다
　　잔금들 모여 무늬 이뤘다

태어나
푸른 잉크 발렸을 시원始原의 족적

낟알 거두던 반달형석도 같은 길 한참을 읽고
직립보행이라는 원거리까지 훑고 나서야
움푹한 저녁으로 든다

소리 내지 못한 아우성 그늘지다
풍화의 어제와 오늘

굳은살 발은 서쪽 바람
저 하늘의 별을 사랑하여
가장 낮은 곳에 적籍을 둔 신전

지상의 좁고 어두운 포복에도
방향 잃지 않을 뿌리

—〈발〉 전문

〈발〉에서 화자는 첫마디를 "발바닥을 만져 본다"고 발성한다.
잔금이 그려져 있는 발 족상을 들여다본다. "태어나/푸른 잉크
발려 찍혔을 시원始原의 족적"을 탐색한다. 직립보행을 시작했던

유년시절과 인류의 원시시절로 돌아간다. 그리고 "움푹한 저녁
으로 든다"로 발화發話한다.

그런 뒤, 화자는 "풍화의 어제와 오늘" 통시적 시각에서 그늘
진 "소리 내지 못한 아우성"을 듣는다. '굳은살 박인 발'을 '서쪽
바람'으로 인식하고, "저 하늘의 별을 사랑하여/가장 낮은 곳에
적籍을 둔 신전"의 "지상의 좁고 어두운 포복에도/방향 잃지 않
을 뿌리"로 자신을 인식한다. 이 부분에서 난해해진다. 이렇게
〈발〉을 나름으로 해석하려 해 보지만, 이 시의 해석이 완벽하지
않음을 지울 수 없다. 그래서 오독誤讀의 가능성, 그 가능성이 짙
음을 토로하지 않을 수 없게 된다.

그렇다면, 이 시를 해체시켜 키워드를 찾아 조립하여 이해해
보려는 노력이 필요하다. 이 시의 키워드는 '시원의 족적' '직립
보행' '하늘의 별' '낮은 곳에 적을 둔 신전' '지상의 좁고 어두운
포복' 그리고 '방향 잃은 뿌리'다. 이 시어들 중에서 압축되는 키
워드는 '시원' '직립보행' '하늘' '신전' '뿌리'다. 이들 키워드를 꿰
뚫는 키워드는 '시원'이며 '신전'이다. 그래도 이 키워드 역시 난
해하다. 난해한 시어이기 때문에 키워드가 된다. 이 두 언어를
통합하는 언어는 '원시'이다. '원초'라는 언어이다. 그렇다면 이
시는 인간의 원초적인 감성이나 정서, 그리고 그 모습을 탐색
하기 위한 시라는 정서적 논리에 도달하게 된다. 그리고 시인의
원초적 모습이 담긴 '발'을 탐색한 시인 셈이다. 그 속에서 시인
의 전생과 태생적인 정체성 탐색에서 방향을 잃지 않고 지상의

낮은 곳을 "좁고 어두운 포복"으로 살아가는 자신의 존재를 발견하고 있는 것인지도 모른다. 그것을 찾기 위해 노마드 의식을 가지게 된 것이고 시를 쓰고 있는지도 모른다. 우리 문학을 통시적으로 거슬러 올라가 고조선의 여옥을 만나고, 시인적 자유 정신과 실험의식으로 우리 시대를 통찰하고 내면적으로 들어가 자신의 원초적인 정서와 사유를 원형으로 만나는지도 모른다.

김택희는 더디게 시인적인 삶을 시작한 사람이다. 그리고 자아 탐색을 여러 각도에서 시도하는 시인이기 때문에, 자신의 시인적 역량으로 새로운 목초지를 찾아 떠도는 불확실한 시대의 노마드적인 시인이다. 그래서 그는 어떤 들판을 찾아, 해를 찾아 떠날 수 있는 시인이다. 이 점에서 나는 그가 걸어갈 시의 지평이 따뜻한 햇살 내리쬐는 들판임을 확인하며 그의 첫 시집 발간을 시 구루Guru의 한 사람으로 축하한다.

바람의 눈썹

ⓒ 김택희, 2017

초판 1쇄 인쇄 2017년 4월 11일
초판 1쇄 발행 2017년 4월 28일

지은이 | 김택희
발행인 | 강봉자·김은경

펴낸곳 | (주)문학수첩
주   소 | 경기도 파주시 회동길 192(문발동 513-10) 출판문화단지
전   화 | 031-955-4445(대표번호), 4500(편집부)
팩   스 | 031-955-4455
등   록 | 1991년 11월 27일 제16-482호

홈페이지 | www.moonhak.co.kr
블로그 | blog.naver.com/moonhak91
이메일 | moonhak@moonhak.co.kr

ISBN 978-89-8392-652-4 03810

「이 도서의 국립중앙도서관 출판예정도서목록(CIP)은 서지정보유통지원시스템
홈페이지(http://seoji.nl.go.kr)와 국가자료공동목록시스템(http://www.nl.go.kr/
kolisnet)에서 이용하실 수 있습니다.(CIP제어번호: CIP2017008705)」

* 파본은 구매처에서 바꾸어 드립니다.

문학수첩
시인선